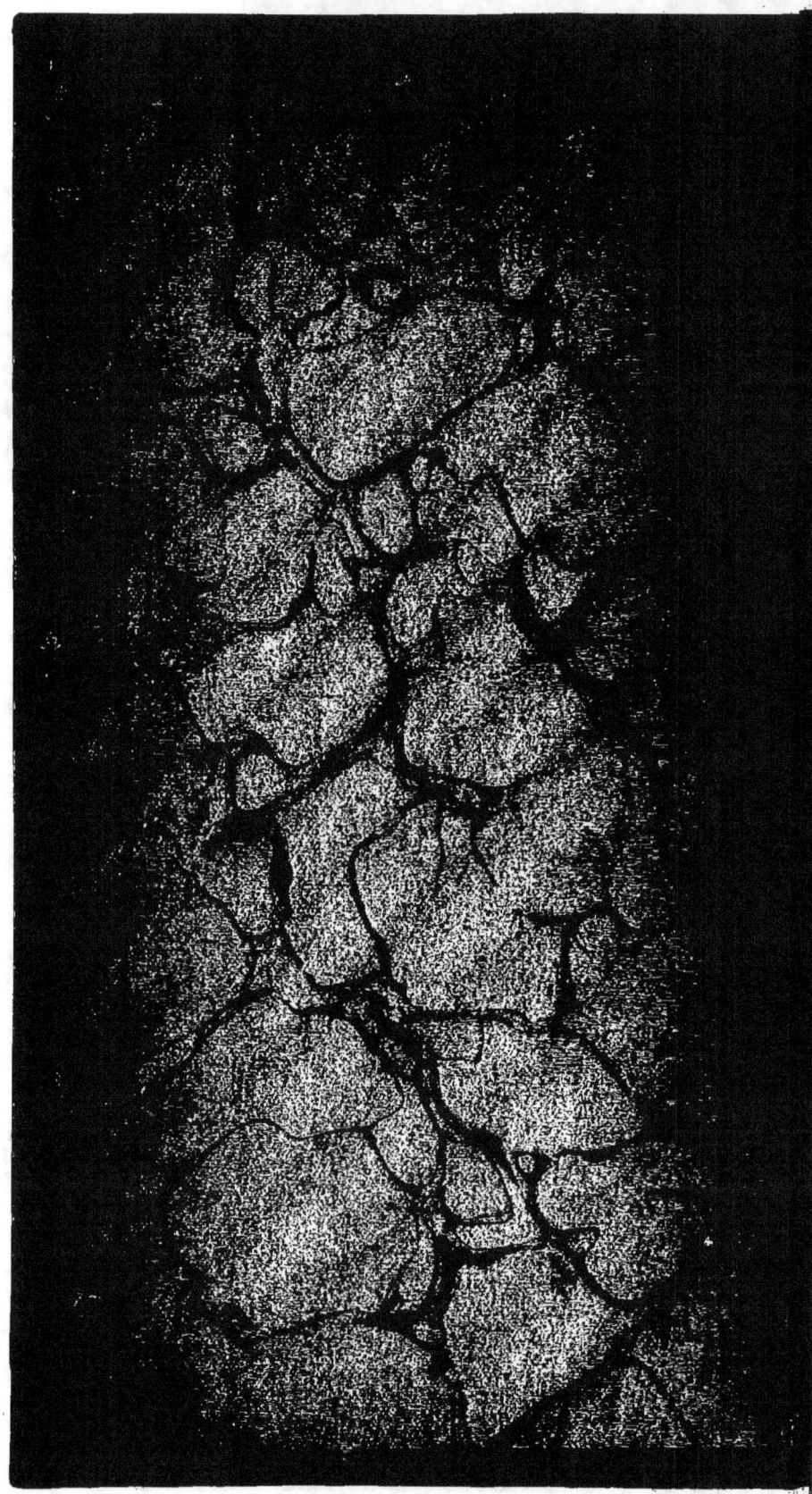

Jouets de Paris

PAUL LECLERCQ

Jouets de Paris

EN VENTE A PARIS, A LA LIBRAIRIE
DE LA MADELEINE, 17 BOULEVARD DE
LA MADELEINE ET SUR LES QUAIS.

1901

Il a été tiré trois cents exemplaires numérotés, sous couverture de Henri de Toulouse-Lautrec.

EXEMPLAIRE N° 59

LE FILS DE LA LUNE

à Madame J. S.

Parmi les choux et les tomates, sur le seuil du fruitier, un nain étrange monte la garde.

Sa tête ronde est toute jaune; elle est énorme et monstrueuse. Son corps frêle est dans une armure.

On dirait le fils de la lune.

Je ne vois pas ses yeux, mais je sens bien qu'il me regarde.

Je n'ose passer près de lui: j'ai peur qu'un diable poilu

ne sorte soudain de cette trogne formidable et ne m'assène un coup de bâton sur les gencives.

A présent je suis loin et je me retourne. Ce nain en armure, c'est une citrouille sur une boîte au lait!

Et de ce gros potiron, cuivré comme une orange, pustuleux comme un crapaud, c'est toute mon enfance, maintenant, qui surgit dans le carrosse doré de Cendrillon.

LE PETIT
CHEVAL DE BOIS

à Jean de Mitty.

Ses jambes sont si longues qu'il a l'air d'être égyptien, mais il arrive de Nuremberg.

Il est synthétique et anguleux comme une cocotte de papier.

Son corps est fait d'une seule bûche taillée où vient se cheviller un cou, sa crinière c'est une arête de crins et sa queue un petit balai.

Il est maigre, ne mange pas d'avoine et il ne se nourrit que du rire des enfants.

Il a du rose dans les naseaux, il ouvre de grands yeux effarés; il est terrible et concentré.

Il ne se cabre pas, il ne rue jamais, mais il sent la colle.

Il est d'ordinaire blanc et pommelé. Si on le mettait sur le gril il deviendrait un zèbre. Quand on désire le faire bai, on le peint d'un beau rouge tomate et on dirait alors un cheval tout cru.

Par exemple, il ne marche pas, il se fait tirer sur une planche à roulettes et c'est sa vengeance.

Il ressemble aussi à d'autres animaux, mais c'est certainement un cheval et s'il pouvait hennir il ferait hi-han ou kokoriko.

LES DOMINOS

à Lucien Muhlfeld.

Ils vivent dans l'atmosphère
enfumée des cafés et ils ont
tous un habit noir.

Le double-six est important
comme un bourgeois parvenu;
l'as-et-blanc porte un monocle
et les cinq ont l'air macabre.

Eternellement en demi-
deuil, les dominos sont veufs
et ils jalousent le jeu de cartes
à cause d'Argine ou de Pallas.

Chaque soir, depuis dix ans, à la même heure, on les retourne sur la même table; ils passent dans les mêmes doigts, ils sentent les mêmes haleines et ils entendent les mêmes choses.

Peut-être songent-ils que la vie est grise et monotone, les dominos, car leur ivoire jaunit comme le front d'une vieille fille.

On les couche, les uns contre les autres, dans une longue boîte d'acajou; mais seul le double-blanc se met en chemise.

LE DIABLE

à *André Rivoire*.

Il se promène tout nu.

Il est si noir qu'il semble toujours sortir de l'ombre.

Son corps est maigre, il a deux cornes, des oreilles pendantes et une large gueule sur laquelle retombe son nez crochu.

Ses pieds sont armés de griffes, une longue queue s'échappe de son derrière et, au lieu d'avoir une canne, il traverse la vie avec une fourche à la main.

Souvent il a des ailes dans le dos, elles sont chétives et déplumées et il a l'air d'un ange nègre.

Ses idées sont baroques

On le rencontre, d'aventure, dans des tableaux anciens : il voltige parmi des chérubins à cheveux d'or et leur foire sur le visage.

Il surgit parfois de la gargouille d'une cathédrale et vomit sur les curieux qui regardent en l'air.

Souvent aussi, croyant faire une bonne farce, il s'enferme lui-même, pendant de longs mois, dans une petite boîte carrée. Là, il engraisse, il se laisse pousser une barbe, des sourcils de poils de lapin, et saute, tout à coup, au nez d'un enfant.

L'enfant le trouve grotesque et au lieu d'avoir peur il éclate de rire.

Le Diable déçu rentre aussitôt dans sa caisse et il devient la proie des mites.

LE POISSON D'AVRIL

à Félix Fénéon.

Il se nourrit des confetti tombés dans la rivière.

Polichinelle le pêche avec Cassandre et pour imiter le cyprin qui frétille sous un domino rouge, il couvre ses écailles, puisque c'est Carnaval, d'une cuirasse de sucre ou d'une armure de chocolat.

Son aquarium, c'est la vitrine du confiseur. Il vit parmi des œufs pomponnés de rubans, des poules de faïence, des singes de peluche et son

ventre est bourré de papillotes
et de dragées.

Il se noierait dans un verre
d'eau : il nage dans l'onde d'un
miroir. Il respire le parfum
des bonbons, il regarde passer
l'omnibus, il guette le moutard
contre la devanture et pour
prouver aux roses qu'elles de-
vraient être sans épines, il es-
camote ses arêtes.

LA LETTRE A

à Maxime Dethomas.

C'est une échelle double sur laquelle il faut passer pour arriver aux autres lettres.

a est long ou bref, majestueux ou pansu, et parfois il porte un petit chapeau.

a c'est la première leçon; c'est la fissure par laquelle rentre le talent ou la pédanterie.

a c'est toute l'enfance; c'est le parfum des jouets, les genoux

d'une maman et c'est l'odeur de
colle du vieux livre d'images
où trois petits cochons sautent
à la corde.

LES ALMANACHS

à Robert Gangnat.

Les almanachs et les corbeaux arrivent en hiver.

Le facteur passe dans la rue comme une aiguille dans une étoffe, il entre sous chaque porte et distribue l'almanach nouveau.

Tout le monde aura le sien.

L'almanach du facteur est officiel.

L'année s'y montre d'un seul coup. Les mois se suivent en colonnes. Les dates semblent des additions et son carton qui sent le corps de garde, entassé en pile, d'année en année, ne ferait pas à un vieillard une vie haute de trois pouces.

Je lui préfère l'éphéméride, l'éphéméride rebondie comme une taupe, l'éphéméride enceinte de douze mois, l'éphéméride qui cache jusqu'au dernier moment son année nouvelle sous un chromo bon enfant.

Les jours s'envolent en papillons; il n'en part qu'un seul à la fois.

L'éphéméride rajeunit et chaque fois qu'on lui arrache un feuillet, elle vous apprend qu'il y eut une guerre des deux Roses, que le Soleil est dans le Capricorne ou qu'Epaminondas est mort.

LA FEMME

DU FROMAGE

au Dr Tapié de Celeyran.

au Dr Tapié de Celeyran.

La crémière est brune, elle
a le teint frais et de jolies dents.

Deux petits trous, comme
la trace d'un doigt dans une
motte de beurre, creusent le
visage de la crémière et lui
donnent un air aimable.

C'est la femme du fromage.

Elle porte un long tablier
blanc, des avant-bras de calicot
et sa poitrine est rondelette.

La crémière vit parmi des
jattes de grès, des paniers

d'œufs, des coulommiers et des gorgonzolas.

Sur son seuil, comme dix nains en armure, dix boîtes au lait montent la garde.

Surtout ne t'avise pas d'être amoureux de la crémière, ne rôde pas autour de sa boutique : tel un monstre à sept têtes, le fromage veille sur son honneur, et que peux-tu contre le brie perfide ou contre le livarot qui pue?

Crois-moi, n'avance pas, le gruyère te guette... Recule prudemment si tu ne veux tomber, car seul le roquefort se tirerait des pattes,

LE NOURRISSON

à *Alfred Athys*.

C'est un gros saucisson de linge car il n'a pas encore de jambes.

Son corps a l'odeur du pain chaud, sa tête est toute rouge et de sa bouche, qui gargouille, s'échappent des bulles de salive.

Il est plus chauve que s'il avait cent ans; ses yeux sont d'un bleu de faïence et il se plaît à mordre, avec ses gencives, quelque hochet d'ivoire

ou bien un chien de caout-
chouc.

Il se promène dans les bras
de sa mère; il dort le jour et
pleure la nuit; il veut attraper
les lumières et quand il gri-
mace, on dit qu'il fait la risette.

Ses petites mains, les cinq
doigts écartés, s'agitent sur sa
face comme deux crabes roses
et si tu le regardes il t'empoigne
le nez et t'appelle papa.

LE MARMOT

A Jacques de Montesquieu.

Il se nourrit d'un roman d'aventures et il est imaginatif.

Le marmot pend un sabre de fer blanc à la bretelle de sa culotte, il brandit un pistolet et il couronne son front des plumes arrachées au plumeau.

Le marmot, représente, à lui tout seul, une horde d'Iroquois et une armée d'Européens.

Le marmot fait irruption dans le cellier en poussant des

cris terribles, il s'embusque derrière une futaille, tire sur des sacs de pommes de terre et ce sont des pétarades, des conciliabules secrets et des complots d'anthropophages.

Lorsque le soir tombe et que les ombres deviennent étranges, le marmot s'effraye de son propre bruit. Sa voix se fait rauque, les citrouilles cuivrées sont de vrais Peaux-Rouges et, n'osant plus quitter la place, le marmot tremble dans un coin sous sa couronne de plumes.

LE MOUTARD

à *Louis de la Salle.*

Son cadet c'est un marmot et son aîné un gamin.

Le moutard a les cheveux ébouriffés, une face barbouillée de réglisse d'où sourdent deux oreilles, comme les anses d'une marmite. Le moutard a les mains sales, le nez morveux et des bas troués.

Il vit saucissonné dans un tablier noir que sangle, sur son ventre, un ceinturon de cuir. Sa casquette est dans un arbre ou bien dans le ruisseau, mais jamais sur sa tête.

Le moutard part quelquefois à l'école, il promène deux livres au bout d'une courroie et il arrive après la classe.

Le moutard prend les oiseaux au piège. Il fait de ses doigts malpropres des pieds de nez aux vieux messieurs qu'il suit, aussi, en leur tirant la langue.

Le moutard attache des casseroles à la queue du chat, cache le balai de la concierge, seringue, d'une fenêtre, de l'encre sur les passants. Il crache dans les plats, tire les oreilles du chien et pisse sur sa petite sœur.

Le moutard n'a pas d'amis de son âge; on ne sait jamais d'où il sort; plus on le lave, plus il est sale et c'est lui qui approvisionne de poux le reste de sa famille.

LE TUYAU

ACOUSTIQUE

à P.-J. Toulet.

C'est le ver solitaire de la maison.

Il rampe sous les planchers, s'allonge dans les angles, traverse les placards, se traîne sur les cloisons et se faufile entre les murs.

Sa tête est au sixième étage et sa queue pend à l'entresol à moins que, comme elles sont semblables, cela ne soit tout le contraire.

Parfois il se met à siffler et le bon nègre du sixième pose

le tuyau sur son oreille, tandis qu'à l'autre bout le Pierrot du premier s'amuse à souffler dans le nègre.

Le nègre se gonfle, se gonfle, flotte un instant sous le plafond et disparaît par une fenêtre.

LA POUTRE

à Maurice Saillant.

Une poutre traverse le grenier dans toute sa longueur.

Autrefois c'était un arbre, un bel arbre vêtu de mousse dont les rameaux chantaient, et ce n'est plus maintenant, entre deux murs, qu'une solive hérissée de clous.

Une foule d'objets étranges, bannis de la maison, s'accrochent à ce bras puissant et qui saura jamais le passé de cette vieille armure ou de cette viole sans cordes ?

4

Et tandis que l'œil fixé sur la charpente, tu songes tristement au destin des choses d'ici-bas, tu ne peux t'imaginer ce qu'elle a envie, cette poutre massive, de se laisser tomber lourdement sur ta tête.

LA VIEILLE COUR

à Robert Scheffer.

La cour de la vieille maison
où le soleil ne rentre pas est
pleine d'ombre et de mystère.
Toutes ses fenêtres sont closes,
de blancs fantômes se dressent
derrière les carreaux, d'étranges lucarnes percent les murs
où grimpent des gouttières et
surgissent des plombs.

Sous le toit, près du ciel, un
oiseau qui ne chante pas se
balance dans une cage d'osier
et plus bas, sur une allège
étroite, un pot-au-feu de terre

à couvercle rouge semble un nain bizarre et ventru.

Tout cela vieillit depuis cent ans dans la tristesse et le silence ; l'herbe veloute les pavés où ne résonne aucun pas.

Aujourd'hui pourtant une porte grince, une porte grince sur ses gonds comme une bête que l'on dérange et un aveugle, tiré par un caniche, pénètre soudain dans la vieille cour.

Une romance sentimentale, une ancienne romance d'amour et de roses fanées s'envole de sa barbe fauve... Alors tout près du ciel, dans la cage d'osier, l'oiseau qui ne chantait pas se met à chanter, les fenêtres s'ouvrent, la marmite tend ses oreilles et un petit nègre qui surgit d'une lucarne éclaire toute la cour du rire de ses dents blanches.

LES TUYAUX
DE CHEMINÉES

à Octave Raquin.

C'est tout un peuple qui se rassemble sur les toits.

Les uns ont des casques bizarres aux panaches de fumée, les autres des bérets et certains portent la mitre.

Il y en a de grands qui sont comme des géants et d'autres plus petits ont l'air de pots de fleurs qui attendent une tulipe ou bien un camélia.

Ce sont les amis des pierrots aussi bien que des hirondelles;

4.

les cigognes se posent sur leurs girouettes gothiques.

Quand il fait trop de vent, ils semblent affolés et leurs têtes tournent, tournent en tous sens avec des grincements lugubres. Quelquefois même ils se suicident; ils se lancent dans le vide, du haut d'une maison et écrasent, avec fracas, quelque inoffensif passant.

LE MARCHAND
DE ROBINETS

à J.-L. de Janatz.

Dans la rue sans soleil passe le marchand de robinets.

Il arrive lentement du lointain, il crie devant chaque maison et fait suivre son cri du chant d'un instrument aigre.

Il passe ainsi depuis toujours, chaque lundi, à la même heure. Il vient du même point, il va vers un même but et jamais personne ne l'arrête.

Existe-t-il, en vérité, cet étrange être que l'on entend?

Existe-t-il cet être singulier qui, sans raison, crie à tue-tête, dans le matin, " les robinets, les robinets ", comme on crierait les artichauts ou les oranges ?

Je ne l'ai jamais vu.

Je m'imaginais, depuis mon enfance, à cause sans doute de sa pratique de fer blanc, que cela devait être quelque fantoche aux oripeaux clairs, quelque Polichinelle énorme et bossu avec une fleur dans la barbe, qui regagnait son domicile en titubant après avoir fêté dimanche.

J'ai soulevé le rideau et je ne vous dirai point ce que j'ai vu.

Maintenant lorsque j'entends passer le personnage, son chant aigre me verse du vinaigre dans l'âme ; sur les trois notes acides de sa voix de fer blanc, il me crie que j'ai perdu mes illusions.

Je me bouche les oreilles, mais ce cri-là ça rentre par les yeux... Et il me semble que je suis au pain sec.

LE

COMMISSIONNAIRE

à Maurice Joyant.

Il guette le client à l'angle
de deux rues. Il l'attend de
longues heures, les mains four-
rées dans un pantalon de velours mais, comme personne
ne l'avise, il pose un écriteau
contre sa boîte à brosses et
rentre chez le marchand de
vin.

Là, le commissionnaire boit
tout l'argent qu'il aurait dû
gagner et quand, au bout du
jour, on vient pour le quérir,

il est si saoul qu'il tient à peine sous son crochet.

Il enfile la première rue qui se présente, bouscule le passant qui croise son chemin, renverse un enfant dans le ruisseau, vomit sur une vieille dame et, si on l'invective, il tape sur sa cuisse, ferme la main, lève son pouce et siffle.

Il erre au hasard des ruelles, tourne vingt fois autour d'un édifice mais lorsque harassé de fatigue il tombe sur un banc, le commissionnaire s'aperçoit qu'il a oublié de charger son crochet.

Alors, pris de remords, il pleure longtemps dans le silence et demande pardon à la lune.

L'URLUBERLU

à Jacques Loysel.

Il saute bas de son lit dès que le coq chante et se figure que c'est midi.

Il s'habille en sifflant devant un lavabo, il barbote dans sa cuvette et comme le miroir ne reflète que sa poitrine, il oublie de passer sa chemise à l'intérieur de sa culotte.

Il met un képi sur sa tête croyant la coiffer d'un chapeau, il laisse la clef dans son logis et dégringole son escalier.

Il s'étonne, aux devantures, d'apercevoir un Écossais.

Quand il arrive à son bureau la porte en est encore close; il songe alors que c'est dimanche.

Il repart plus léger et sans retirer les doigts que l'instinct porte à son gousset, il répond " merci " au mendiant qui lui demande l'aumône.

LA BOUILLOIRE

à Madame C. N.

Dans la chambre attiédie de fièvre il y a une bouilloire qui chantonne.

Elle a l'air de couver comme une petite poule de porcelaine blanche, la veilleuse aux gros yeux de lumière, et un peu de vapeur s'échappe de son bec.

Elle est pleine de tisane chaude, la bouilloire vigilante, mais ce n'est pas sa tisane, mais sa chanson qui soulage et qui berce le rêve du moribond.

Elle chante, chante, en se pressant comme une folle; elle chante que le printemps est revenu, qu'un ruisseau jase là-bas et que les arbres sont légers d'oiseaux. Elle chante que le vieux rosier qui s'accroche en squelette au mur de la chaumière est couvert de roses rouges et que les ruches frissonnent; elle chante que le soleil brûle la plaine et met de l'ombre sous les pommiers...

Dans la chambre attiédie de fièvre, la petite bouilloire de porcelaine, chante sans cesser, comme un rossignol à qui on a crevé les yeux.

LES ŒUFS

à L.-N. Baragnon.

Ils sont blancs comme des dragées et ils ont l'air d'être jumeaux.

Ils naissent tout autour du village, leur père c'est le coq du clocher.

Chaque matin, après qu'il a chanté matines, la fermière les trouve sur de la paille tiède et les recueille dans sa corbeille.

Ils voyagent avec des veaux et avec des cochons et, arrivés à la ville, ils rencontrent chez la fruitière tous leurs oncles qu'on a plumés.

On les fait bouillir au fond d'une marmite et, comme s'ils allaient communier, on les place, en grande pompe, sur une table vêtue de linge.

Un bourreau barbu, cravaté d'une serviette, serre leur corps dans son coquetier et lentement les décapite avec une cuillère.

LE BOUQUET

à *Auguste Jeunehomme.*

Il est simple, charmant, somptueux ou ridicule.

Il a la fraîcheur d'un sourire, il est rustique comme une paysanne de dimanche et parfois il a la mine guindée, dans son haut col de papier blanc, de quelque magistrat province.

Bouquets de roses et de lilas, bouquets cravatés de rubans, bouquets tricolores et champêtres, bouquets flamboyants de glaïeuls!

O les bouquets nuptiaux, tendresses mises sous globe, les bouquets desséchés dans un coffret de vieille fille, les bouquets de pâquerettes attendris dans un verre d'eau et les pauvres petits bouquets de myosotis que l'on voudrait réchauffer, comme un oiseau sans plumes, contre son cœur!

LA MÈRE GIGOGNE

à Henri Albert.

Un châle recouvre ses épaules, elle porte une capuche à brides, sa robe est de percale jonquille et sa crinoline est si vaste que l'on dirait la cloche de Notre-Dame qui se promène.

Ses filles vivent sous son jupon. Elles sont quinze qui se ressemblent mais comme leurs tailles sont différentes, chacune d'elle a l'air d'être la mère de sa cadette.

Elles imitent toutes la mère Gigogne : quand la mère Gigogne se mouche, ses quinze filles se mouchent, et cela fait un bruit d'enfer.

Lorsque la mère Gigogne part à la promenade, elle donne le bras à un cabas et marche sous une ombrelle verte. Si d'aventure ses filles se prennent de querelle, sa crinoline remue comme s'il faisait du vent.

Parfois la mère Gigogne boit plus qu'il ne convient et, au milieu de la nuit, elle se met à danser. Ses quinze filles qui sortent de sa chemise font une ronde autour de la mère Gigogne.

Elles tourneraient, tourneraient jusqu'au matin, en brandissant leurs petits pots de chambre, si le Père Lustucru qui ne peut fermer l'œil, ne frappait avec un balai contre le plafond.

La Sidonie

LE SOURIRE

Un sourire s'est installé d'une façon définitive sur ton visage.

Aux deux coins de tes lèvres il a creusé des trous charmants, il erre dans chacune de tes prunelles et il n'est jusqu'à ton menton où il ne soit allé établir une fossette.

Le sourire vit sur ta bouche, comme un arôme vit sur une fleur.

Il est d'ordinaire timide et quelque peu dédaigneux, ton

sourire, et il se cache dans des petites oasis d'ombre.

Ton sourire c'est de la bonté, de la tendresse et un peu de sensualité mélangées.

Quelquefois cependant, tel un paon qui déroule un trésor, il déploie dans ta chair toute la splendeur de ses éclats.

On voudrait le prendre, ton sourire, mais comme un fruit que l'on protège des limaçons, tu l'enfermes sous ta voilette.

LA PROMENEUSE

Quand tu marches ta robe murmure comme une ruche pleine d'abeilles et tu laisses sur ton chemin le parfum de la violette.

Quand tu marches tous les génies de la dentelle, du tulle et les follets des rubans voltigent dans l'air que tu déplaces.

Quand tu marches, au rythme de tes pas, la blancheur de ton jupon apparaît comme l'écume d'une vague.

Quand tu marches, la pointe de ta mule grise se montre, en timide souris, sous les volants de ta jupe rose, et un petit griffon, hirsute comme un chrysanthème, suit ton ombrelle en te tirant la langue.

LES PERLES

Chaque perle de ton collier vit sur ta peau comme un fruit vit dans la lumière : de même que l'églantine est faite pour le printemps, et pour l'automne la grappe mûre, la perle existe pour te parer.

C'est le joyau des mousse-lines, de la dentelle et du linge; la perle s'imprègne du parfum de tes épaules et s'attiédit sur tes seins frileux.

Ton âme joue dans les re-flets de ton collier comme le

soleil sur un jet d'eau; les perles vivent et meurent, mais leur orient fleurit de toi.

Heureuse d'être sur ta peau brune, leur théorie semble la suite de tes jours et comme ton collier fermé, autour de ton cou, n'a plus commencement ni fin, de perle en perle, en écureuil léger, toujours, tu tourneras dans le bonheur.

LA BELLE AMPHORE

Tu te vêts souvent de soies,
de mousselines ou de chiffons
et tu te charges de bijoux.

Aujourd'hui ta mise est simple, te voilà sans colliers et
sans bagues, et ta nuque sort
de ta robe de bure comme une
rose thé d'une amphore de
terre sombre.

BÉRANGÈRE

x

Dans l'air brûlant, près du bassin où le loufash surnage tel un poisson de paille, ton corps aux lignes précises rafraîchit mon être comme une pluie d'automne. Ta chair a la consistance d'une tige de palmier, tes membres fermes et arrondis sont comparables à ceux des statues les plus rares, ta chevelure est un casque de déesse et tes deux seins semblent les boucliers de ta pudeur.

7.

Le chat frileux frotte dou-
cement sa queue contre un bar-
reau de chaise et regarde des
oiseaux, rouges comme de la
viande crue, dans une cage
d'osier.

x x

Te voilà presque vêtue,
fraîche comme un arbrisseau
d'avril. Tes seins sont des
roses vraiment dans des den-
telles et dans ta chevelure. Tu
dégages un parfum de lavande
et d'iris : des mousselines va-
poreuses laissent à peine devi-
ner tes formes accomplies et
ton corps d'antique déesse ap-
partient, maintenant, à une
petite femme, linge et rubans,
culottée à la turque.

*Le chat curieux, la queue
en l'air, à pattes de velours,
s'approche et regarde tes mains
qui d'agrafe en agrafe, tout
le long de toi, sautillent comme
des écureuils.*

x x x

Tu es devenue tout à fait
femme, car on ne voit plus de
ton corps que les deux petites
oasis roses de tes mains gan-
tées. Ta robe de foulard jonquille glisse le long de tes
hanches, elle s'évase en cloche
et se sauve vers des volants.
Ton visage est entièrement
voilé — le tulle d'ailleurs re-
hausse délicieusement ton sourire, le truffe de mille petits
points noirs et fait paraître tes

yeux plus ardents. Ta bouche
a l'air d'un fruit qu'une gaze
protège des guêpes et des
abeilles.

*Le chat voluptueux appuie
son corps contre ta jupe, sa
queue noire grimpe dans la
soie comme une longue che-
nille; un mystère affole le singulier animal si indifférent
tout à l'heure à ta nudité; il
miaule et j'entends qu'il dit,
en passant sa langue sur ses
moustaches, qu'il voudrait te
voir complètement nue.*

TABLE

PARIS

IMPRIMERIE CHARLES RENAUDIE

56, RUE DE SEINE, 56

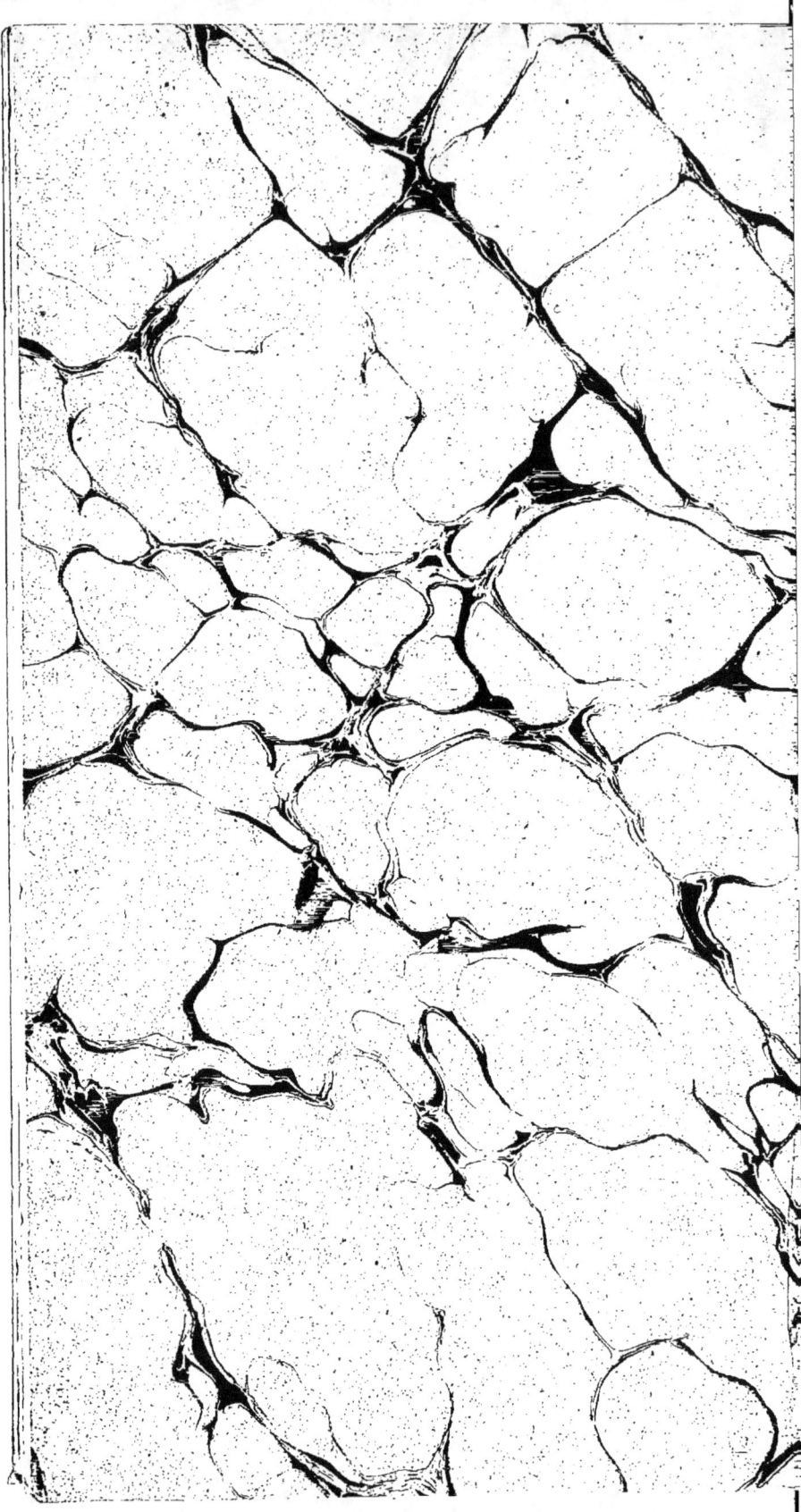

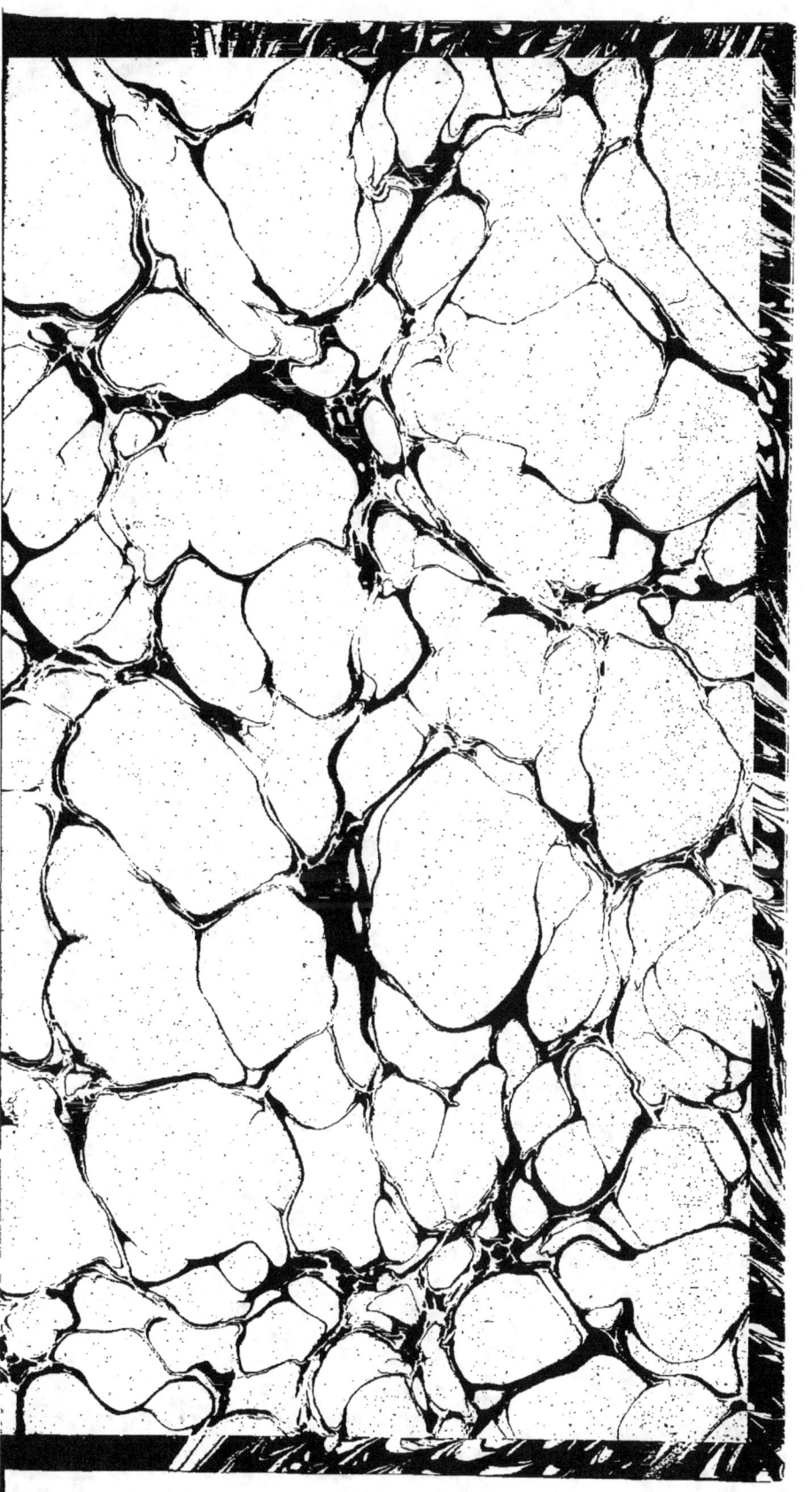

www.ingramcontent.com/pod-product-compliance
Lightning Source LLC
Chambersburg PA
CBHW060444260626

47161CB00005B/2060